ODE

SUR

LA FONDATION

DE LA

RÉPUBLIQUE FRANÇAISE.

PAR P. CHAUSSARD.

A PARIS,

DE L'IMPRIMERIE DE LA Vᵉ PANCKOUCKE,
Rue de Grenelle Germain, Nᵒ 321.

AN X.

Note préliminaire, ou argument.

~~~~~~~~~~~~~~~~~~~~~~~~

L'AUTEUR n'a point pris son sujet dans les circonstances, il l'a considéré comme le résultat de la marche des siècles et des lumières. Tel est le dessin philosophique de ce poëme.

Il emprunte son coloris d'une fiction épique. Le Destin révèle l'avenir à la Déesse de la Liberté, qui parcourt l'univers, contemple les divers monumens de son culte, et évoque les ombres de ses héros qu'elle appelle à de plus hautes destinées.

De-là l'occasion de retracer les principes, les causes, les effets et la marche de la liberté sur le globe.

La draperie poëtique revêt ici un corps de vérités politiques.

Si l'auteur a rompu toutes les liaisons de ce plan, il a obéi au précepte du législateur du Parnasse, qui dit en parlant de l'ode :

Son style impétueux souvent marche au hasard,
Chez elle un beau désordre est un effet de l'art.

O D E (1)

SUR

LA FONDATION

DE LA

RÉPUBLIQUE FRANÇAISE.

» Épanchant à flots d'or sa lumière éternelle,
» De l'Astre créateur la sphère paternelle,
» Des mondes attentifs régit le mouvement;
» Tandis qu'échevelée et d'une aîle inégale,
» La comète fatale,
» Dans l'espace désert traîne l'embrâsement.

» En torrens orageux le courroux des Hyades
» Précipite souvent les bruyantes Nayades,
» Et de Cérès en pleurs engloutit le trésor;
» Mais du germe voilé par le sillon avide,
» L'espérance timide,
» Prépare des épis le bienfaisant essor.

(1) Inscrite sous le Nº 11, et la première des trois que l'Institut a distinguées.

» Ainsi d'un noir tyran l'homicide menace ,

» Et d'un peuple effréné la sacrilége (2) audace ,

» Ne sauraient enchaîner ton vol impétueux ;

» Par de nouveaux bienfaits tu venges tes outrages,

   » Et du sein des orages ,

» Ton astre, ô Liberté ! sort plus majestueux.

» O Vierge ! entends ma voix : la céleste balance

» Aux sceptres consternés annonce ta présence :

» Va ! règne avec Thémis sur les trônes vaincus !

» D'un nouvel âge d'or auguste avant-courière ,

   » Féconde la carrière

» Où s'illustre en courant la race de Francus.

» Moi, de tes premiers pas j'affermirai la gloire.

» Des tems évanouis ranimons la mémoire !

» Un siècle entassera leurs prodiges épars. »

Il dit ; et se plongeant dans de sombres nuages,

   Le souverain des âges (3)

D'un avenir immense enivre ses regards.

La liberté soudain par le Dieu rassurée

Fend les vagues d'azur de la plaine éthérée ,

Et déjà sous ses pieds voit rouler l'univers ;

Voit ce mont gigantesque (4) au front indestructible ,

   Rempart inaccessible ,

Et d'où l'homme a bravé les ondes et les fers.

Aux rochers d'Immaüs (5) une horde aguerrie

Emporte sur des chars son errante patrie ;

La Déesse sourit à leur vol indompté :

Des enfans du désert (6) la tente vagabonde

   Et la plage inféconde

S'embellissent par toi , sublime Déïté !

---

(2) Sacrilége, lorsqu'il attaque ses lois.

(3) Le Destin, le plus grand des Dieux, élevé au-dessus de Jupiter même.

(4) Le plateau de la grande Tartarie, refuge des premiers hommes contre l'inondation des mers et les ravages des conquérans.

(5) Les Scythes.

(6) Les Arabes.

Mais bientôt à tes yeux l'ignorance stupide
Fait peser sur le monde une chaîne homicide.
Quel vaste deuil s'étend du Niger à l'Indus !
Là rampent avilis les peuples de l'Aurore (7) :
       Ici Plutus dévore
Les fils du Sénégal (8) au Potose (9) vendus.

Comme on voit dans les airs deux colonnes rivales
Dresser sur des débris leurs têtes triomphales ,
Du palais écroulé dire encor la hauteur ,
La cité de Rémus et celle de Thésée ,
       D'une gloire éclipsée
Dans leur ruine auguste attestent la grandeur.

» Voilà mon temple ! Europe ! O trop chère contrée !
» Salut , ô fiers Germains ! et toi , forêt sacrée
» Où s'engloutit l'orgueil de la ville de Mars (10) !
» Là mon souffle inspira des harpes poétiques (11)
      » Les cordes prophétiques ,
» Et de vingt nations (12) enfla les étendards.

» De l'aigle humilié je leur remis la foudre ;
» Les tyrans disparus rentrèrent dans la poudre :
» Ton règne commençait , ô douce Egalité !
» Du peuple souverain la justice suprême
      » A ses chefs , à lui-même
» Par les fils de son choix dictait sa volonté (13).

» Mais quel sphynx gigantesque , aux ailes ténébreuses
» Unit sur un seul corps ces trois têtes affreuses !
» Que vois-je ! ô despotisme ! ô superstition !
» O féodalité ! votre triple chimère
      » A dévoré la terre ,
» Et sous un pied d'airain brisé la nation.

---

(7) L'Asie.
(8) L'Afrique : commerce des nègres.
(9) L'Amérique.
(10) Défaite de Varus. Voyez Tacite.
(11) Chant des Bardes.
(12) Les peuples du Nord.
(13) Elections : représentation nationale. Ce beau système , dit
Montesquieu , a été trouvé dans les bois de la Germanie.

» Partout des Rois bourreaux , de sacriléges prêtres !
» Une effroyable nuit complice de ces traitres
» A leurs assassinats prête sa sombre horreur.
» Leur rage au loin s'élance en ruines féconde,
    » Déjà d'un nouveau monde
» Le cadavre sanglant (14) accuse leur fureur.

» Alors pour sauver l'homme , en ce vaste naufrage
» Comme un fanal heureux j'élevai d'âge en âge
» De mes naissantes lois le propice flambeau.
» Un nouveau jour va luire ! ô mânes héroïques !
    » Sous vos marbres antiques
» Tressaillez à ma voix et sortez du tombeau ! »

Ainsi que de l'Olympe , aux cris de la tempête ,
L'Autan tumultuenx vole assiéger le faite
Et roule en tourbillons dans les airs obscurcis ;
Telle accourt des héros la phalange fidelle,
    Qui , près de l'immortelle,
Semblent des demi-Dieux sur un nuage assis.

Lycurgue est le premier : colonnes immobiles,
Près de lui sont debout ses lois , les Thermopyles,
Sparte et ses grands combats , les jeux de sa vertu.
Plus loin , Solon redit sur sa lyre divine
    Marathon , Salamine ,
Et de Persépolis le colosse abattu.

Socrate s'appuyant sur la philosophie,
Sourit , la coupe en main , au mépris de la vie ;
Minerve , ô Phocion ! console ton trépas.
Filles de sa valeur par deux fois couronnée ,
    Leuctres et Mantinée,
Viennent de leurs rayons ceindre Epaminondas (15).

---

(14) On a égorgé plus de 12 millions d'hommes en Amérique.
Voyez Voltaire , Histoire des Nations.

(15) Allusion au mot de ce héros.

Là, trois fois illustré, le chaume consulaire,
Revoit de Quintius (16) la palme tutélaire ;
Un temple sort du gouffre où descend Curtius.
Regulus aux tourmens prodigue (17) sa grande ame,
    Et défiant la flamme ,
Le sein de Porcia (18) respire tout Brutus.

Les voilà ces vengeurs (19) dont l'héroïsme austère,
Poursuit , frappe un tyran dans des fils , dans un père ;
Là , tonne des Gracchus le couple audacieux :
Caton les suit, Caton (20) qui , plus grand que Pompée,
    S'affranchit par l'épée ,
Et planant sur César va se rejoindre aux Dieux.

Qui peut suivre en son vol l'aigle de l'éloquence !
A peine Tullius, atteint sa gloire immense ,
Quand il lance la foudre à des conspirateurs.
Quel Dieu presse à l'entour ces ombres étrangères ,
    Tous ces mânes sévères,
Des récentes cités immortels fondateurs !

Luther brise à leurs pieds l'orgueil de la thiare ;
Milton entraîne Charle au gouffre du tartare ;
Tell observe Gesler et le menace encor ;
Witt déchire en lambeaux un sanglant diadême,
    Et Thémis elle-même
Au Sage de Boston (21) cède son trône d'or.

---

(16) Quint. Cincinnatus , trois fois consul ; dictateur.
(17)   ...... *Animæque magnæ*
            Prodigum...HORAT.
(18) Porcia avala des charbons ardens.
(19) Junius et Marcus Brutus.
(20) ...*Successus superant adversa Catonis.* CLAUD.
    Et cuncta terrarum subacta
    Præter atrocem animum Catonis. HORAT.
    Victrix causa Diis placuit , sec victa Catoni. LUCAIN.

(21) Francklin. On a rapproché dans cette strophe les cinq
grandes époques des révolutions modernes en faveur de la liberté.
Celle de Luther fut la plus grande.

« Venez donc, ô mes fils ! troupe auguste et sacrée ,
» Rallumez le flambeau d'une vie épurée. »
Elle dit, et soudain déroulant ses tableaux,
La Déesse·anima la prophétique scène ,
    Qui du Dieu de la Seine,
Afflige et , tour à tour , .enorgueillit les eaux.

Quelle vaste terreur ! La hache ivre de crime ,
Se lève !... Des héros (22) la troupe magnanime,
Aussitôt rejetant ses destins généreux ,
Abjure avec horreur la lumière sanglante ;
        Et, dans son épouvante,
Redemande à l'enfer des gouffres moins affreux.

» Rassurez-vous : souvent le Dieu qui nous éclaire
» Souffre d'un voile impur l'insulte passagère,
» Que dissipe bientôt son regard immortel.
» Le grand Peuple, étalant sa palme expiatoire,
        » S'est absous par la gloire,
» Et de Thémis vengée a relevé l'autel.

» Comme on vit évoqués par d'invincibles charmes,
» Des bataillons soudains s'élancer tout en armes,
» Des sillons paternels de la riche Colchos ;
» Ainsi, des champs français en combattans fertiles,
        » Sort un peuple d'Achilles ;
» La tombe des guerriers enfante des héros.

» La terre est leur empire et le ciel est leur temple (23).
» Telle, de l'univers la terreur et l'exemple,
» Rome autour de son sein rassemblant ses guerriers ,
» De leur palme nombreuse empruntait tout son lustre,
        » Et dans leur foule illustre ,
» Egarait son regard entre mille lauriers.

---

(22) Nous rétablissons ici cette strophe, légèrement altérée dans
le rapport.

(23) *Imperium terris , animos æquabit olympo.* VIRG.

» Ou telle des lions , sous sa main triomphante ,
» Gouvernant à son gré la rage obéissante.
» Bérécynthe (24) apparaît sur un char radieux : .
» Sur les pas maternels tout l'Olympe s'empresse ,
　　　　» La superbe Déesse.
» Sourit et dans ses fils admire tous les Dieux.

» Va , sois plus grand encor ! à la seule patrie
» Prodigue , ô peuple-roi ! ta juste idolâtrie !
» Que Thémis , près de Mars , veille sur ton faisceau !
» Immortelle Cité ! lève une tête altière
　　　　» Et brille à la lumière
» Du pacte révélé par le sage Rousseau !

» Tant que de Guttemberg (25) les fécondes merveilles
» Dans l'univers charmé feront voler tes veilles ,
» Génie impérieux plus puissant que les rois ;
» Cette Athènes nouvelle éclairera la terre ,
　　　　» Dans le double hémisphère ,
» Peuples ! un monument vous redira vos droits. »

Mille voix dans l'éther à ces mots applaudirent ;
Des tyrans courroucés les fantômes frémirent ;
Dans leur tombe entrouverte ils entraînent Louis...
La République éclate , et lançant la tempête ,
　　　　Prélude à la conquête
Des trônes effrayés , des siècles réjouis.

Ainsi de Jupiter la féconde blessure
Enfanta cette Vierge honneur de la nature ,
Rivale de Vénus , sœur du terrible Mars ,
Minerve , au souris calme , au regard intrépide ,
　　　　Protégeant de l'égide ,
L'olivier de la paix et la palme des arts.

(24) .... *Qualis Berecynthia mater*... Virg.
(25) L'inventeur de l'imprimerie. La presse conservera la liberté.